# Kleines Lexikon poetischer Kunstgriffe

*Um Jahrtausende gealtert/ auf einmal über Nacht:/ Meine kannelierten Beine/ vom Deckblatt halb überwuchert/ vermitteln mir nur noch/ archäologische Eindrücke.* Günter Kunert

**lyrische Ich**, das: von Margarete Susman (1910) eingeführter Begriff, um die grundsätzliche Abkehr von der traditionellen Vorstellung zu deklarieren, daß es sich bei Lyrik um Selbstaussagen des Autors handle: »Das ›Ich‹ der reinen Lyrik ist so wenig persönlich und subjektiv, daß es eigentlich einem ›Er‹ gleichkommt. Denn Gegenstand der reinen Lyrik ist nicht ein vereinzeltes, einmaliges Erlebnis, sondern etwas Allgemeines, immer Wiederkehrendes, das von der Persönlichkeit des Dichters sich rein und vollständig abgelöst hat« (Oskar Walzel, 1926). Von Benn übernommen, um das zu bezeichnen, was den Dichter vom epischen oder dramatischen Autor trennt, wird der Begriff jedoch immer noch meist falsch, im Sinn eindeutiger biographischer Bekenntnisse, verwendet.

Günter Kunert

# *Gedichte*

Ausgewählt
von Raoul Schrott
Siegfried Völlger
und Michael Krüger

Carl Hanser Verlag

ISBN 3-446-19709-5

Autorenphoto von Jürgen Bauer
Umschlagentwurf: Peter-Andreas Hassiepen, München,
unter Verwendung eines Bildes von Jakob Hübner (1761–1826)
Satz: Satz für Satz. Barbara Reischmann, Leutkirch
Druck und Bindung: Friedrich Pustet, Regensburg
Printed in Germany

# Wahrnehmung

Wahre Gedichte entstehen
aus Sorglosigkeit. Das Gehör scheint
intakt
die Muse redet wie du
sie versteht. Und was die Augen betrifft
den Blick aus der Tiefe
verborgener Gier nehmen sie noch wahr.
Über den Daseinshunger hilft nicht
der Mangel an Zähnen hinweg.
Während dein übriger Leib
den Bauch repräsentabel umfaßt.
Immer drängt er sich vor und behauptet
die Herrschaft. Der Status: Zerrüttung.
Die Wortmühlen mahlen
dich trefflich klein. Und wie
aus einem vollgestopften Schrank
fallen dir sämtliche Vergangenheiten
entgegen
abgewetzt vom häufigen Gebrauch
wie der Tag und die Nacht
es befahlen.

## Perspektive

Im Uhrgehäuse eingesperrt:
Die Zeit. Als wäre sie wirklich
wer und verdiente Befreiung.
Wie vieles existiert nur
sobald man daran denkt. Gott
quillt über vor Weisheit und
Wahnwitz wie die Kontinente
unter der Last fruchtloser Erfahrung
versinken. Sacht schiebt Tektonik
die Platten übereinander. Langsame
Drift: Wenige Meter
pro Jahrhundert. Und nach Äonen
dann wieder die stumme Kinnlade
ein Stück Scheitelbein
etwas Baumharz das Leben umschließt
als solle irgend jemand
davon benachrichtigt werden.

## Standpunkt

Manchmal scheint es
auch die Stimmen meiner Freunde
sagen mir nichts mehr. Worte
betreffen mich nicht. Was soll man
schon Geräuschen erwidern?

Inmitten lauter Verstummter
zwischen mundlosen Büchern und Tod
verheißenden Gebrauchsgegenständen.
Angesichts dieser vorm Fenster
hilflos gestikulierenden Bäume
zum Sterben verurteilt von meinesgleichen.
Im Kopf eine Landkarte
mit ausgezeichneten Irrwegen
teile ich jedermann jenes
ursprüngliche Schweigen mit:
Aller Versprechen
aufrichtigste Kehrseite.

## Selbstfindung

Um Jahrtausende gealtert
auf einmal über Nacht:
Meine kannelierten Beine
vom Deckbett halb überwuchert
vermitteln mir nur noch
archäologische Eindrücke
Mein Auge starrt auf die Weite
des musterhaften Vorlegers
in Erwartung der Touristenschwärme
der Kunstfreunde der Altertumsforscher

Die ewige Materie
in Form von zerknüllten Laken
hält mich über dem Abgrund:
ich ahne dort Dunkel und Staub
die wahre Substanz der Vergangenheit

An diesen unbeweglichen Kopf
auf meinem marmorfarbenen Kissen
hat die Welt Mühen gewandt
und Hekatomben von Worten –
alles vergebens: früh versteint
wer irgendetwas
überleben will

# Heimlicher Hinweis

Das Sinnbild der Geschichte
Clio in einem Mantel aus Moos
versteckt hinter der Tonne mit Abfall.
Wäre ihr Gesicht nur weniger unkenntlich
vom verdorbenen Regen
es wirkte wohl schelmisch:
Trostlosigkeit entschuldigt sich stets
mit einem Lächeln. Weh
dem es sich erschließt. Gewisse
alte Gestalten zeigen angeschlagene
Züge Mienen
von Flechten maskiert
daß nicht gleichfalls erstarrt
wer solch steingewordene Offenbarung
zufällig anschaut.

# Gordion: Nach Fehlversuchen

Mein Irrtum war
mich über die Trümmer zu erheben:
Die kulturhistorische Perspektive – etwas
für Blinde. Aber der Erde
aufgebrochenen Leib nahmen meine Augen
nicht wahr. Aus diesem kahlen
Bauch trat solche dauerhafte Frühgeburt
genannt »Hauptstadt
des phrygischen Reiches«. Du hättest
New York werden können Tokio Paris.
Aber bevor Alexander der Große
hier den Knoten der Weissagung durchschlug
(Gewalt legitimiert den Herrscher)
waren schon die Wälder gefällt
die entscheidenden Schlachten geschlagen
die Gebeine verstreut.
Tote Natur
aus welcher gelehrte Frevler
den steinernen Fötus zogen
um ihn entblößt liegenzulassen.

## Nochmals Milet

Das bin ich! besagen
umhergestreute Reste. Und angeschlagne
Säulenstümpfe entbieten stumm dir
Brüderschaft. Fragwürdige Formen
schlafen im Schwemmsand: Nachlaß eines Meeres
vergessen seit tausend und einer
Unbedenklichkeit. Bis auf einmal
ein Mensch daraus hervorgeht
schwerfällig schreitend wie solche die
aus großer Ferne kommen. Seine Hand
ist ausgestreckt und schmutzig und
gefüllt mit uraltgewordenen Münzen:
Anzahlung auf eine Zukunft bar aller
Garantie. Denn jetzt
zerdehnen letzte Sonnenstrahlen unsere
Gestalten immer mehr
wir werden ohne weiteres zu Schatten und
kehren gemeinsam mit dem Licht
endgültig heim in
Stein.

# Verlangen nach Bomarzo

Selber ein Fels sein.
Stillstehen mit der gewesenen Zeit:
so ein teils steiler Hügel
eine teils erhabene Klippe ortsgekrönt
des Morgens inmitten der Ebene
über sie
einen langen und leichten Schatten legt.

Platz nehmen im *Parco di Mostri*
unter schweigenden Ungeheuern
aus behauenem Gestein.
Einer der ihren werden
halb in der feuchten Erde geborgen
reglos und nichts anderes um sich
als lauter leeres Geheimnis
sonnenüberflutet und dunkel
wie der Sinn der Gestalten und Tiere
Elefant und Gladiator
Nymphe und Drache
Der Schädel mit dem Scheunentormund
darinnen Tisch und Sessel aus gleichem Granit
dich empfingen wäre der meine:
Hüt dich vorm Eintritt
damit du nicht in die unterirdischen Tiefen
meines ferneren Leibes gelangst
ausgestreckt unter Bomarzo:
der unsichtbare Grund
auf dem alles steht und der alles trägt.

Dableiben. Hierbleiben.
Kristallinisch
solcher Landschaft sich innig verbinden:
wenigstens vorübergehend
unsterblich sein.

## Venedig IV

Der Kanal zwischen Fassaden
von Palästen
schon ganz und gar verblaßt
Leblose Türen und Fenster
starren auf unverfließbares Wasser
überwölbt von drei Brücken
in unterschiedlicher Höhe

Aber alles ist menschenleer

Wie niemand es je gesehen
außer dem Fotografen

Die Perspektiven
auf der Flucht vom Betrachter
nach hinten in ein Nichts

Geometrische Metapher
die auch alle Städte unserer Gegenwart
in einem Moment mangelnden Augenmerks
unversehens betroffen hat.

## Prinsengracht 263 – Anne-Frank-Haus

Das Mirakel hat uns erreicht,
das Wunder uns heimgesucht: Wir
leben. So daß wir nicht fragen, wieso
wir und warum nicht mehr sie.

Nach allerlei mörderlichen Unglaublichkeiten
machen wir es uns hier bequem. Manches
brauchen wir, manches nicht: auf
gewisse Gesichter verzichten wir gern,
könnten Namen nennen, wäre Papier
nicht nach wie vor knapp und vorbehalten
dem andern: unserem Sichtbarsein
für uns selbst.

Nur dafür brauchen wir diesen Himmel,
einige Bläue, einige Flaschen, einige
Sterne, Sonne und Regen, der Westerkerk
Kuppel, ihr Glockenspiel,
stündlich der Anfang einer Melodie,
die abbricht: wir sind da
für alle Toten, für die nirgendwo
ein Grab ist
außer in unserm Gedächtnis.

## Nahwest oder: Fern im Okzident

Die Schweiz
ist mir ein böhmisches Dorf:
es muß da Berge geben
und einen gewissen Dialekt
aus dem Nachlaß von Wilhelm Tell:
ein Kunstschütze, wie hier in Weimar
jemand schrieb. Seitdem aber
soll die Kunst dort
weniger bedrohlich verübt werden.
So finde ich
Max Frisch ganz friedlich,
zumindest saß er völlig unbewaffnet
in unserem Wohnzimmer und trank
Rotwein: das
kann natürlich Verstellung gewesen sein
und er ballte oder spannte
unterdes die Armbrust schon
in der Brusttasche.

Man weiß zuwenig
von diesem Land, seinen Bräuchen
und Bewohnern, weil sie immer
behaupten, sie wären im Grunde
ganz anders, wenn man einen trifft:
ich meine: nicht ballistisch.

## Vor seinem Angesicht

*(Für Wolfgang Koeppen)*

Deus absconditus wohnt gegenüber
dem Englischen Garten himmelsnah
unterm Dach. Seine Tür unverriegelt. Tritt ein
Wallfahrer von Ferne. Auf einem Sperrmüllsofa
im Flur Zerberus, Erbstück gezähmten Heidentums
mit schwarzem Fell und sanfter Lefze.
Sodann er selber und unverhüllt
in Gestalt eines schlecht rasierten Patriarchen
mit blindem verwirrten Lächeln
dem untrüglichen Erkennungszeichen.
Eine starke Brille anstelle der Augen
um uns besser übersehen zu können.
Schwache begrüßende Geste. Tremor der Rechten.
Folge einsamer Abende, vieler Getränke.
Kaum daß er unser gewahr ward, erklang
ein telefonisches De Profundis,
verzweifelter Menschheitsappell aus dem Ortsnetz.
Gott legte den Hörer auf
um so zu tun, als wären wir alle
gleichgeschaffen nach seiner regelfrommen
Willkür
mit Macht und Beharrlichkeit.

## Bürogebet

Leicht zusammengeheftet
mit einer gebrechlichen Klammer
die mich vor manchem bewahrt
das ich nur ahne und nicht sage:
Denn viele
fielen einfach auseinander
wortreich und darum
hoffnungslos

Ihre Teile treiben umher

Hier ein Stück geknifftter Charakter
Ein Fetzen verlorener Mut
Etwas verblichene Liebe
Ein trostloser Anblick

Irgendwem aus der Hand gerutscht
einem plötzlich verstorbenen
Vorsteher
den man versehentlich
für Gott halten könnte

Bewahr mich davor

## Der Reisebegleiter

Wie es dazu kam
daß er uns verlorenging: Keine Ahnung.
Beim Treck durch die Zeiten
ergeben sich allerwegen Verluste
dauerndes Hadern
über Straßenverhältnisse und Witterungseinflüsse.
Immerzu neu portioniert
als Wegzehrung als Mundvorrat die
Ursachen ohne Nährwert. Jede Suchmeldung
bleibt erfolglos weil
aus dem Sinn aus den Augen
bedeutet Oh Gott.
Aber da gegen Abend
neulich finde ich
die Spur Deiner Krallen
blutig im Schnee.

## Reiseberic ht

Die fremde Stadt am frühen Morgen
liegt unter deinem Blick, da du erwacht
nach einer traumverstörten Nacht,
als böte sie für deine Sorgen

sich heilend an: Hier neu beginnen,
von allen ringsum glücklich ungekannt.
Vergangenheit: Dein Schiff: verbrannt
von Gegenwart: sie zu gewinnen.

Von Gassen Plätzen Bauten Namen lernen.
Von Menschen: Allein den eigenen vergiß.
Du selber bleibst dir besser ungewiß,
jedoch bewußt der lockend nahen Fernen,

der vielen andern Städte, welche warten,
daß du in ihre Fremdheit tauchst,
mit dem dich narrend, was du brauchst
als Ziel für alle weitren Fahrten.

# Urlaubsfoto

Die toten Boote auf den Stränden,
ihre Bäuche zum Himmel gekehrt,
die Ruder entfallen den Händen
derer, die sie niemals begehrt.

Die Netze sind leer geblieben
seit die See nichts trägt als sich:
Schaum, von den Wellen getrieben,
markiert den stets gültigen Strich

zwischen Welten, sich selbst überlassen
und entwest für die Künftigkeit.
Noch ein Blick: Das Bild zu erfassen.
Dann mach dich zur Abfahrt bereit.

## Reiseresümee

Du wirst dir selber fremder
an einem fremden Ort.
Verschlossen Tür und Tore:
Dir fehlt das Losungswort.

Abweisende Fassaden:
sie bieten dir kein Haus.
Sogar der Himmel droben
sieht unbekannter aus.

Und alle Straßen kreuzen
fast feindlich deinen Weg.
Von der Geschichte blieben
nur Schatten als Beleg.

Die stummen Steine reden:
Du ziehst hier keine Spur!
Sowenig wie sonst jeder
der diesen Ort erfuhr.

## Programm

Wir sind die vor und hinter Scheiben,
gewöhnt die Stille und den falschen Ton,
in einem sicher: Daß wir bleiben
dieselben immer wie uns selbst zum Hohn.

Die Menschentiere, die wir sterben sehen,
gejagt, erlegt am Ende des Berichts,
wie Wiederholung eines ewigen Geschehen:
Denn unsern Blick trifft nichts mehr. Nichts.

Das Bett. Der Tisch. Die trüben Tage.
Gebeine bilden unsern Lebensgrund
und geben keinen Anlaß mehr zur Klage:
Da hoffe du. Du hoffst dich wund.

## Mitbürger

Vermittelnd wenig: Meist nur Angst
zu selten Lächeln oder Träume.
Es erbt wovor du immer bangst
der nach dir in die Lebensräume

gestoßen wird von deinesgleichen
aus Leichtsinn oder auch nach Plan:
Schon früh geprägt mit allen Zeichen
der Nützlichkeit für jeden Wahn

Fortzeugend etwas und gebärend:
Die Blutspur tritt aus deinem Tor
in Richtung Horizont und während
du leugnest deutlicher hervor.

# Berlin – paläontologisch

Hier liegen alle Sedimente offen:
In Schichten wird Geschichte präsentiert:
Blut, Schweiß und Dreck, durchsetzt von Hoffen,
was durchs Gestein vergangner Tage führt.

Die Stadt: Fossil an allen Enden:
Erstorbne Zeit, die in sich selbst verharrt.
Du wagst den Blick nicht abzuwenden,
auf daß sie bleibt: Als Gegenwart.

# Am Landwehrkanal

Durch Zeiten schwammen sie: Die Toten,
getragen von Kanälen unsrer Stadt.
Doch als sie uns erreichten, hat
ihr Stummsein Schweigen uns geboten.

Weil leicht verschwindet, wofür Worte kommen:
die bleiben, während ihr versinkt,
und ohne daß euch eines wiederbringt.
Sie haben eure Stelle eingenommen.

Gedenke sprachlos: Bilderfetzen,
von blinder Oberfläche absorbiert,
bevor auch solch Erinnern sich verliert
mit Wut und Ohnmacht und Entsetzen.

## Heimat

In den Nordnächten
vom Licht überwölbt wie ein Tag
der sich gegen sein Ende sträubt.
Manchmal die Anzeichen
ruhloser Tiere. Was an mir wahr ist
will ihnen folgen. Und gäbe viel
für einen Lagerplatz Seite an Seite
mit dem flüchtigen Geheimnis
das soviel sanfter ist.
Ein durchwärmtes Fell war einst
die Welt. Doch Scheu
und Unschuld wichen unmerklich
und ließen jeden Pfad
spurlos zurück.

## Berliner August

Als letzter Besucher steht
Hitze in der Stadt: Meilenweit
verlaßne Bürgersteige.
Eine unsichtbare Macht hat angefangen
die Einbewohner abzuberufen.
Allein in der Kühle verdämmerter Kneipen
halten sich einige fraglose Gestalten
am Leben Alternde Fliegen unbemerkt
vertrocknend: Sämtliche Abschiede
fanden längst statt.
In immer unbeschreiblicherer Stille
hört man wie die Stadt zerfällt.
Knistern Unbrauchbar gewordenes
Pergamentpapier Kleiner und noch kleiner
zusammengeknüllt.
Komme gleich wieder! lügt ein Zettel
durchs Glas der Ladentür:
Hier wollte ich ein paar Rätsel kaufen
für die Schlaflosigkeit doch
die bedienende Sphinx scheint
heimgekehrt
in eine glücklichere Nekropole

## Einmal Berlin und zurück

Zuerst die Ankunft und gleich darauf
dieser Kanal: Dichter Pflanzenwuchs
schleift im brakigen Grün. Vergessen
die abgetriebenen Toten
verschiedener Epochen.
Aus dem überlebenden Ziegelgestein
schauen alte Frauen auf
die kürzlich verscharrte Zukunft.
Mein Blick trifft
die grauen Wächter der Mauer:
Verkörpert stolziert
was keinen eigenen Leib hat.
Hier sei die Erde geborsten
heißt es einmal zugleich
mit dem Himmel
und wie er nun auch sie
unbewohnbar.
Ich zeige meine Eintrittskarte
und darf gehen. Später liegt wieder
alles hinter mir
behaust von einer Population
abgestorbener Erinnerungen:
Keine Heimat wie diese aber
findet man vielerorts.

# Besuch in Weimar

Fremder Himmel. Fremde Laute.
Mein einziger Vertrauter besteigt
mit mir den Lift. Aus poliertem Messing
unser Gesicht. Archaische Maske.
Wenigstens die Speisekarte besteht noch
auf der Wahrheit des gedruckten Wortes.
Und die üblichen Handgriffe stillen
das übereifrige Herz. Lauter lächelnde
Mädchen erfüllen alle Wünsche
außer den unbezahlbaren. Später
bereiten die Korridore sich einhellig
auf Archäologen vor. Hinter den Türen
die bloße Hoffnung auf ein Leben bei Lebzeiten.
Für sonstige Befürchtungen
bietet ein Piktogramm den Ausweg.

Draußen auf dem Platz aber Goethe
und Schiller halten einander
an den Händen fest
angesichts ihrer Nachkommenschaften.

## Gutenberg

Grau gekleidet
in seinem Museum auf dem Fensterbrett
die Flügel geöffnet der Frühlingssonne.
Gutturale Laute sanft und
enervierend vertraulich: Gelegenheit
ihm meinen Dank hinzustreuen
mein Mißfallen. Deinetwegen
lügen wir wie gedruckt weil wir
die Wahrheit nicht kennen
wollen.

Aber da war er schon vorsorglich
davongeflattert
unter Hinterlassung einiger farbloser
Abscheidungen anstelle
beweglicher Lettern.

## Gryphius Redivivus

Die Welt um mich: Ein Kartenhaus.
Schau ängstlich nach dem Wetter aus.
Der Boden: Ein vertrocknet Blatt,
von dem man nichts zu hoffen hat.

Ich geh umher, weiß nicht wohin,
denn jedes Ziel zeigt keinen Sinn.
Wie Ahasver zieh ich umher,
find keine Rast und bin doch wer,

der wünscht statt Güter sich und Geld:
Die Sphinx, die keine Fragen stellt.
Die Rätsel ist. Und Rätsel bleibt.
Es gibt kein Wort, das es beschreibt:

Vielleicht, daß es die Hand begreift,
wenn sie des Rätsels Flanke streift.

## Schiller, leicht aktualisiert

Einst zogen Panzer sowie Kettenhemd
mit den Epochen unter unsere Haut:
Fast unverwundbar und sich selber fremd,
mit allem Elend dieser Welt vertraut,
lebt seitdem sanft das Fleisch und Bein:
Wie ich. Wie du. Für sich allein.
Die Stunde kommt, da man vergißt:
Die Stelle, wo man sterblich ist.

## Kleist zufolge

Der Höhepunkt des Traums: Man stirbt
gemeinsam und nach Tisch am besten.
Weil Weiterleben solchen Traum verdirbt
nebst allen großen Worten, großen Gesten.

Furioses Ende: Statt gemächlich zu erkalten
und sacht einander zu vergessen, doch
wer kann sich heute schon an Träume halten?
Fazit: Wir leben beide weiter. Noch.

## Goethe – stark verbessert

Verweile doch. Laß dich umarmen.
Du bist mir nah wie der Moment,
den man mit vielen Namen nennt.
In unserm Falle mit: Erbarmen.

Es ist der karge Augenblick,
der später lebenslänglich dauert,
obgleich man über seine Kürze trauert:
Was niemals war, bleibt dir zurück.

Nur Zeichen. Aber kein Gelingen.
Ein Wort, das alles das enthält,
was du ersehnst: Sobald es fällt,
regt Ikarus erneut die Schwingen.

## Ratschlag in Heines Sinn

Die Augen zu. Die Ohren taub.
Kein Wort zuviel. Vor allem glaub
der stillen Güte jener Macht,
die über deinem Haupte wacht,
daß ständig es von Leere voll
und weiterhin so bleiben soll:
Sieh, was dir nahe, besser fern.
Gesünder lebt sichs, wenn die Herrn
dir wohlgesonnen freundlich sind:
Du liebes Volk, du großes Kind.
Geschichten, die dir wer erzählt
von Menschen, die man einst gequält
und zu Millionen umgebracht;
vom Feuer, das die Welt entfacht,
da keiner gab aufs Zündeln acht,
geschahen, eh man dich gebar.
(Und sind vielleicht auch gar nicht wahr.)
Was kann man tun in solcher Zeit?
Erfolgreich nur: Sich selber leid.

## Deutsche Elegie

Ein guter Deutscher und noch
einer und noch
weiß nicht was geschehen ist
was geschieht und geschehen wird
Abwesend gewesen sein und bleiben
geistig oder sonstwie ideal
verstopften Ohres eh
die Schüsse fielen oder bloß
die ihnen vorausgesandten Worte
oder das Signal zum Weghören alle mal

Keine geographische Begrenzung

trotz geteilter Himmel
Blindheit Taubheit Stummheit
wie von heiligen Makaken jener
und der und dieser noch
befehlsgemäß erstarrt
zu Bronze die später immer
sich als Gips erweist.

## Elegie I

Noch spricht die Welt
in Bildern zu dir. Wie gestern
die kleine Brücke über der Hektik
des Wasserlaufs. Ein paar Meter
steinerne Geruhsamkeit.
Zwischen Ufern nur
wölbt sich Ewigkeit
für keinen, den wir kennen.

## Elegie VI

Was alles nicht
mißlingt uns wie das Wetter. Regen
und sein Fall erneut. Ich stehe
hinterm Fenster, ein Zeuge
der Gravitation, des einzig Gewissen.
Düstres Licht
erhellt allerwegen Zukunft.
Trauerbefiederte Vögel
tragen hastig Nachrichten
in ihr Versteck. Was keiner mehr
erbrütet
ihr Wissen besäße nun ich gern.

## Gespräche Abgeschiedener

Du arme geschundene Heimat
möchte ich sagen wollen
aber es gebricht mir an Stimme
unter uns gesagt
und zwischen Glas und Glas
Jahr um Jahr mehr

Irgendeinem System
wollten wir keinen Mann
und keinen Groschen geben
Das Leben währe zu kurz
war aber mit dieser Erkenntnis
auch schon zu Ende

So lüfte der Kellnerin den Rock:
Für ein paar Mark
findet sich überall Heimat
dunkel und wenig einladend
Jahr um Jahr weniger
wie Heimat meistens.

## Hinter der Hecke

Wie das Grün wuchert
in diesem Garten höre ich
Stimmen sagen Aber das ist
noch nicht genug antworte ich
sprachloser
Dichter und höher will ich
die Bäume die Hecke das Kraut
das gegen den Tod wächst weil
seiner eigenen Wiederkehr sicher
weil es *Löwenzahn* heißt
Auf der Suche
nach solcher Gewißheit bin ich
Leser geworden
botanischer Handbücher und solcher
für gärtnerische Belange
unbändig verdorrend und voller Verlangen
nach einem Namen
gleichen Versprechens

## Abirrungen

In alten Logbüchern geblättert:
Wie groß die Erde gewesen ist
durchtobt von Stürmen und
Seeungeheuern. Beseligende Strände
zur Belohnung der Mühen.
Virginaler Sand. Hochbeinige Palmen.
Nahebei Quellen: Unaufdringliches
Gemurmel der Ewigkeit. Träume
vom Endziel in finsterer Koje:
Bettkasten der steigt und sinkt
das Knarren der Takelage
wortlose Stimme des Schicksals:
Gestern reisten wir
in eine Zukunft
um in keiner mehr anzugelangen.

## Eingeschriebene Antwort

In manchen Gegenden wie meiner
herrscht stumpfe Stille
wo wer von der Post zehrt
wie die Fliege von winzigen Resten
täglich alt wird und es nicht merkt

Die Entfernung und die Blätter im Frühjahr
mildern die Leiden
Denn so unvorstellbar ist die Welt
geworden so gänzlich dahin
hinter dem blechernen Kasten
hinter dem Drahtzaun
der Mauer der Blende den Reden
hinter dem oberirdischen Rohr
der Fernheizung olivfarben und leblos
daß man nicht mehr
an sie zu glauben vermag
Selbst die Versprechen der Regierungen
hier und da
werden zu nichts noch bevor
der Briefträger sie in den Spalt
pressen kann
in den Ausschnitt
der das Universum geometrisch
begrenzt.

# Nach dem Schneefall

hülle ich mich in eine alte Wolljacke
und ruhe in einer dämmrigen Ecke
aus. Wieder ist die Sonne
zu schnell gesunken. Wieder
die starren Erinnerungen
zerstückelte Filmstreifen
aus einem aufgegebenen Archiv
wieder dieselben Wendungen und
Bewegungen: Nur Tiere und Maschinen
kommen damit aus.
Und die Worte?
Schwarz geworden auf weiß
gebunden und eingereiht.
Ich wünschte ich wäre so einmalig
wie früher
als es mich noch nicht gab.
Nur wenn die Wege leer sind
scheint mein Leben weiterzugehen.
Vor allem aber habe ich mich
den grasbewachsenen Flächen zugewandt
den Maulwürfen dort
und versuche
ihre undeutlichen Stimmen zu verstehen
ihre Gespräche über die Erde
die sie besser kennen
als jeder andere Blinde.

## Fragment

Das Fragment jedes Lebens
benötigt viel Fleiß. Diese
abgebrochenen Unternehmungen. Diese unausgeführten
Arbeiten. Diese verbliebenen Mängel.
Bei Betrachtung meiner Person
sehe ich eine Ameise
schleppt eine Faser
hin und her und hin. Man ahnt
ihre große Bereitschaft
zu einem außerordentlichen Bau
beizutragen. Aber es regnet. Aber
der kommende Nachtfrost
macht vielleicht
einen Strich durch ihre wohlkalkulierte
Rechnung. Selbst meine Aufmerksamkeit
für sie wie für mich
erlischt einmal. Wir leiden
an einem Geheimnis
das wir für Gott hielten
von dem uns keiner erlöst
weil wir es niemals
auszusprechen vermögen
vor dem Ende und erst recht
nicht danach.

# Biobibliographie

*Günter Kunert* wurde 1929 in Berlin geboren und studierte Grafik in Ost-Berlin. 1948 veröffentlichte er erstmals Gedichte und Geschichten in der Zeitschrift *Ulenspiegel*. Anfang der fünfziger Jahre lernte er Johannes R. Becher und Bertolt Brecht kennen. Seine zunehmend kritische Auseinandersetzung mit der staatlichen Kulturpolitik in der DDR führte 1979 zu seiner Ausreise in die Bundesrepublik. Seither lebt er als freier Schriftsteller bei Itzehoe. 1991 erhielt Günter Kunert den Friedrich-Hölderlin-Preis für sein poetisches Werk und den Ernst-Robert-Curtius-Preis für Essayistik.
Im Carl Hanser Verlag erschienen von ihm mehrere Gedichtbände, darunter *Verlangen nach Bomarzo* (Reisegedichte. Mit 12 Zeichnungen des Verfassers. 1978), *Abtötungsverfahren* (1980), *Berlin beizeiten* (1987), *Fremd daheim* (1990), *Mein Golem* (1996), *Nachtvorstellung* (1999) und die autobiographischen Erinnerungen *Erwachsenenspiele* (1997).

# Quellen

Die Gedichte wurden entnommen aus:

Wahrnehmung – *Mein Golem*
Perspektive – *Berlin beizeiten*
Standpunkt – *Fremd daheim*
Selbstfindung – *Abtötungsverfahren*
Heimlicher Hinweis – *Fremd daheim*
Gordion: Nach Fehlversuchen – *Fremd daheim*
Nochmals Milet – *Fremd daheim*
Verlangen nach Bomarzo – *Verlangen nach Bomarzo*
Venedig IV – *Verlangen nach Bomarzo*
Prinsengracht 263 – Anne-Frank-Haus – *Verlangen nach Bomarzo*
Nahwest oder: Fern im Okzident – *Verlangen nach Bomarzo*
Vor seinem Angesicht – *Mein Golem*
Bürogebet – *Abtötungsverfahren*
Der Reisebegleiter – *Mein Golem*
Reisebericht – *Berlin beizeiten*
Urlaubsfoto – *Berlin beizeiten*
Reiseresümee – *Berlin beizeiten*
Programm – *Abtötungsverfahren*
Mitbürger – *Abtötungsverfahren*
Berlin – paläontologisch – *Berlin beizeiten*
Am Landwehrkanal – *Berlin beizeiten*
Heimat – *Mein Golem*
Berliner August – *Berlin beizeiten*
Einmal Berlin und zurück – *Berlin beizeiten*
Besuch in Weimar – *Mein Golem*
Gutenberg – *Mein Golem*
Gryphius Redivivus – *Berlin beizeiten*
Schiller, leicht aktualisiert – *Berlin beizeiten*
Kleist zufolge – *Berlin beizeiten*
Goethe – stark verbessert – *Berlin beizeiten*
Ratschlag in Heines Sinn – *Fremd daheim*
Deutsche Elegie – *Abtötungsverfahren*
Elegie I – *Mein Golem*
Elegie VI – *Mein Golem*
Gespräche Abgeschiedener – *Abtötungsverfahren*

Hinter der Hecke – *Fremd daheim*
Abirrungen – *Fremd daheim*
Eingeschriebene Antwort – *Abtötungsverfahren*
Nach dem Schneefall – *Fremd daheim*
Fragment – *Mein Golem*